U0931493

眼望星星
腳踏草根

〈目錄〉

特別收錄──全力支持商戶

〈自序・致夢想〉

——這不是一本關於成功的書，而是一個學會重新相信自己的故事。

人生這條路，有時像一首歌，起承轉合，高低起伏。我的第一段人生，始於那個追著音符奔跑的少年，手握麥克風，站上閃耀的舞台，夢想是唯一的指南針。那時的世界，充滿了聚光燈的溫度與掌聲的迴響，純粹而熱烈。

接著，是第二段人生的轉折。放下了舞台的麥克風，我選擇了另一種踏實的溫暖——成為人夫、人父。生活的重心，悄然從五線譜移向了柴米油鹽。那些曾經響徹舞台的高音，化作了哄孩子入睡的搖籃曲；曾經的掌聲，沉澱為家人安穩的笑靨。

那段日子，是靜水流深，在平凡中咀嚼著另一種飽滿的幸福。我以為，舞台的夢或許就此封存，成為青春扉頁裡一枚閃亮的書籤。然而，命運的編曲總有出人意表的篇章。從沒想過，在人生的中場，我竟會再次被光燈擁抱，重新踏上那個既熟悉又陌生的舞台。這，是我的「第三人生」。

這一次，心境截然不同。少了年少時的橫衝直撞與非贏不可的執拗，多了幾分沉澱後的從容與感恩。肩上扛著家庭的責任，心中裝著過往的跌宕，每一步都走得更為清醒。舞台的光依然耀眼，但我不再只為追逐那束光而活。

我更珍惜這份失而復得的機會，珍惜能用歌聲再次與世界對話的緣分。那些沉澱的歲月，賦予歌聲更深層的質感；生活的磨礪，讓演繹多了故事與溫度。

「第三人生」並非簡單的重返，而是一次蛻變與融合。它融合了第一人生的熾熱夢想與技藝，融合了第二人生的踏實歷練與責任擔當。站在這裡，我仍是那個熱愛唱歌的周吉佩，卻已不再是當年的周吉佩。

我學會了在追夢與顧家之間尋找平衡的節奏，學會了擁抱生命給予的所有饋贈——無論是高峰的喝彩，還是低谷的沉潛。這一段路，是意外的禮物。它提醒我，夢想從未真正遠去，只是以另一種方式蟄伏，等待合適的時機再次發芽。它也告訴我，人生的精彩，從來不限於單一樂章。每一個階段都有其獨特的韻律與價值。

此刻的我，心懷感激。感謝命運的奇妙安排，感謝家人的無私支持，感謝所有未曾放棄過我、或再次給予我機會的人。

這「第三人生」，是重啟，更是昇華。

我願以更成熟的姿態，更誠摯的歌聲，繼續譜寫屬於我的生命樂章，無論下一個音符是高是低，都將用心吟唱，無愧於心。

——周吉佩

寫於重拾麥克風之後

以歌為帆，向光而行——周吉佩

認識周吉佩（吉吉）已十餘年。初次見面是二零零八年，在朋友家的戶外燒烤會上。那時他已是電視台簽約歌手，推出單曲《家教》。當時的他給我的印象是斯文稚氣，但歌聲沉穩，實力不俗。那夜之後，我們雖少有直接聯繫，但我偶爾會在螢幕上或音樂節目中見到他的身影。感覺他仍是當年那個努力的年輕人，只是樂壇成績尚未耀眼，卻始終堅持著。

疫情期間，一次在黎瑞恩（小恩子）的錄音室做直播，擔任伴奏的樂隊是Space，主音正是吉吉。那次重逢，他明顯成熟許多，更欣喜得知他已為人父。

數年後，周吉佩的名字再次在我心中響起，是他參加TVB《中年好聲音》。我毫不懷疑他的實力，更欣賞他敢於踏出參賽這一步。最終他奪冠，我由衷為他歡呼——這榮耀實至名歸。

今天的周吉佩，終於在舞台上唱響自己的故事，贏得觀眾與樂迷的支持，同時擁抱溫暖家庭。他的人生新篇章如此精彩，正是源於那份不懈的堅持與勇於嘗試！他的故事，猶如攤開的歌詞紙，讓我們看見躍動音符背後，一個男人如何以歲月為筆，將「平凡」寫成「不凡」。願每位讀者都能在他故事裡，聽見自己心底那份對「熱愛」的吶喊。

世間最動人的旅程，未必是飛向遙遠星辰，而是敢於專注腳下，將每一步走成獨一無二的康莊大道。

——**馬浚偉**

寫於二〇二五年六月十一日

從不放棄的歌聲，走到第三人生的舞台

有些人，好像永遠和幸運之神，擦肩而過，眼見成功在望，卻一次又一次地錯過，或許命運早已安排，要先磨練鬥志，才懂得珍惜成功的寶貴，這就是周吉佩的人生。

要寫周吉佩其實好容易，因為他的人生和我不斷交集，有緣遇上，見證了他大部分的人生。要寫周吉佩其實又好難，因為真的不知從何說起，每段起落，也充滿汗水和淚水。

第一次認識周吉佩，是在「有線電視」的錄影廠，當時和他一起主持一個音樂節目，他剛剛在「有線」舉辦的歌唱比賽勝出，順理成章成為當時力捧的對象。充滿稚氣的一張臉，處事細心、謹慎，對任何人也彬彬有禮，工作態度良好、認真，他留給我的印象非常正面。還記得有一次的拍攝工作，我們在九龍灣試玩冰上曲棍球，第一次接觸這項運動，大家也相當投入，連教練也認為我們是可造之才，由這一刻開始感受到他的韌力。

為了豐富節目內容，我們到過不同地方，拍攝期間，開始了解對方，原來他是一名孝順長輩的乖孫，而他也正式出道成為歌手，可惜一年之後，我們的合作也宣告終止，而他的歌手夢也在此行人止步。

之後我們在「香港電台」相遇，他是年青人網台的主持人，雖然同一機構下工作，但交集的次數寥寥可數。直至我們共同的朋友黎瑞恩，讓我們又再走在一起，網上直播唱歌，甚至到旺角火車站支持你的樂隊 busking，你的生命仍然和音樂緊扣一起，種種經歷就像昨天發生的事一樣，一點一滴成就今天的你。

無論你為生活，去到不同的崗位工作，仍然沒有放棄這個在你心目中長埋已久的音樂夢，只要有機會唱歌，無論是網上直播，又或是商場街角，你也不會放過任何機會，你的堅持，實在令人敬佩。

「中年好聲音」的決賽夜，我為了你守候在電視機前，到你得到冠軍的一刻，我的淚水不其然流了下來，越過高山低谷，終於迎來大家的認同。

從不氣餒，在失敗中從新上路，堅持到最後一刻，終於得到你應該擁有的「第三人生」！

——李志剛

從熱血少年到發光爸爸，我為你驕傲

我和周吉佩的相識，是在同一間唱片公司。

那時候的他，還是一隊樂隊裡年紀輕輕的成員。第一次見到他們幾個年輕小伙子，我就感受到一股難以忽視的熱誠——他們對音樂的熱愛，真摯而熾烈。

那幾年我們曾有過不少音樂上的交流，一起直播、一起玩音樂，都是很開心的時光。雖然後來因為一些原因，樂隊散了，大家各自發展，但他從未離開音樂這條路。再見吉吉，他已經成為一位獨立歌手。

我由衷替他開心，也感恩他的努力和堅持，讓他獲得更多粉絲的支持與擁戴。在這條不容易走的路上，他一步一步踏實走來，必須好好珍惜他在我心目中，一直都是一個很勤奮的年輕人。年紀輕輕已經成家立室，還是兩個孩子的爸爸，要顧家庭、要養家，壓力絕對不小。但他從沒抱怨，總是默默承擔，一路撐下去。這份責任感，讓我感動。

今日看到他，家庭幸福、事業穩步發展，內心真的替他高興。希望他能繼續懷著那份謙卑與熱情，開心地唱下去，繼續發光發熱。

吉吉，加油。我一直都在默默支持你，並為你感到驕傲。

——黎瑞恩

人生沒有遲到，我們在對的時候遇上

我一直相信，每個人的人生，有着不同的軌跡……

在對的時間，對的人、對的事情便會遇上。

抱歉，我和周吉佩這位人物並沒有在他的第一或第二人生時段碰上，可能就是我所說的Timing。但是，我十分榮幸能夠成為親眼目擊他「第三人生」展開的第一證人。站在「中年好聲音」中間的我，對參賽者們的一切是十分之關心、關注。

而吉吉正正是從被淘汰了的「失」、敗走出廠的「失」、回家落妝洗頭的「失」……躺在床上迷惘失落之際突然收到電話，叫他回電視城準備下一回合比賽的「得」……

人生，就可以是這麼的峰迴路轉。

猶記得 Day 1 的吉吉、一路晉級的吉吉、到入直路奪得冠軍的吉吉，他真的成長了許多。看見他對自己的路看得越來越清楚的眼神，我便知道他的「第三人生」正式啟動了！

他再次重返自己最喜歡的音樂路，是 all in 的重返。能夠繼續用自己的直覺、天份、努力走下去的確是幸福。我為你感到驕傲！

讓我們都懷着堅持和信念，一起繼續七彩繽紛的走下去。

Love

——婉婉姐

第一人生——從鐵皮屋到電視夢

一段從最底層開始，用歌聲一步步唱出夢想的故事。

這段人生，我想說——

我來自最底層，成長於風雨與烈火之間，用一把撿來的結他，唱出夢想的開端。

從新太陽廣場的第一首歌到爸爸病榻前的最後一曲，這段人生教會我，夢可以破，但人要挺。

第一章 鐵皮屋裡長大的歌聲

我來自最底層，卻從沒看輕過自己。

「音樂是屋頂漏雨時的陽光。」
——周吉佩的童年，藏在一間鐵皮屋的鏽痕裡。

【鐵皮裡的家】

「鐵皮屋的屋簷下，是我們擠出來的溫暖。」

一九八六年，位於香港油塘和藍田之間有一條小村——茶果嶺。

茶果嶺半山上有一間三百呎左右的鐵皮屋，擠著我們一家八口：爺爺、嫲嫲、爸爸、姑姐、姑丈，叔叔、表姐，還有我。

▼我生於 1986 年 10 月在湖北省武漢市出世。

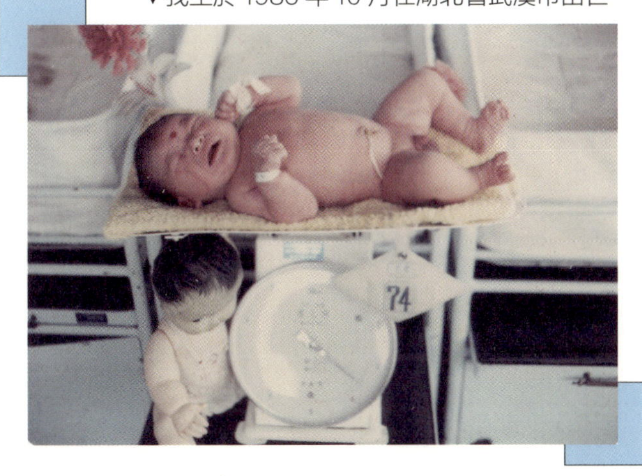

▼我小時候的成長地—茶果嶺。

我的童年擁擠但很温暖，原始但充滿樂趣，屋外環抱着維多利亞港的美景，算是我人生中的第一次住在「背山面海」。

我們的家是自己用鐵皮和木板搭成的屋子，很擠很雜亂，也沒有甚麼傢具沙發，開飯了，就是一家人擠在一起席地而坐，小朋友則坐在爺爺自己用木頭打的小板凳上。

出世的前幾年，家裡間開了三個小房間，不過就還沒有安裝廁所。外面就是草地山頭，家裡也有尿盆常備，小便容易解決，大便怎麼辦？就得要走足足八分鐘路程到公廁……別人看來這可能是貧苦，我倒覺得這是屬於我們特別的經歷，哪有人像我們一樣長大？

家門外是爺爺自己搭出來的小騎樓和一條長樓梯，樓梯邊種了各種花草樹木，還有一棵碌柚樹。那棵碌柚樹就是嫲嫲吃完碌柚隨地吐出來的核拔地而起，每年都會結果，提供我們逢年過節的水果。

中秋節煲蠟，捉昆蟲是我們小孩子的必備節目，你知道木屋區環境惡劣又潮濕，家裡的地板就是紅毛泥上面鋪著膠地墊，每次打開都會見到一窩大蜈蚣！家裡人被蜈蚣咬是平常事，差不多每個人都試過被咬到進醫院。

【家中動物園】

我們屋企養嘅動物，比街市還熱鬧。
——童年，是一場和自然貼身肉搏的奇幻冒險。

我們家的全盛時期，養了十多隻動物！有貓、有狗、有雞、有雀。我的童年真的多姿多彩很豐富，見到甚麼就玩甚麼，有時候是爬上樹捉蟬，有時候捉雀仔，有時候連蛇也敢捉來玩。

記得有一次，赤日炎炎，有一位不速之客闖進了我們家乘涼，就是一條綠油油的青竹蛇，我爸爸誤以為是我的玩具，徒手就想拿起牠，結果給咬了一大口，我們立即報警送爸爸入院治理。

這次「打九九九」也成為了我第一次，那年我只有六歲。

▼小時候我想跟表姐一起玩，每日都笑聲不絕。

▼ 我曾擁有一隻黑色小狗。

▲ 小時侯，我常被誤認為女孩。

【風雨中的交響曲】

屋外風雨交加，屋內五音齊奏。
——童年就是在滴答與叮噹中，學會一起撐下去。

住在山上的鐵皮屋，蚊蟲蛇蟻稀鬆平常，主打一個共融！不過最怕的就是大風大雨尤其是台風天。天氣不好的時候，屋外下大雨、屋裡下小雨，真的像粵語殘片裡一樣，鍋碗瓢盆還有水桶，能用的都拿來接水擋雨。

屋外滴答滴答，屋內叮叮噹噹，伴隨著一家大小的狼狽不堪，是此起彼伏的雨滴聲，你細心聽，雨水打在樹葉上、鐵皮上，掉在盆裡和水桶中，和諧動聽，就像是大地為我們譜寫的一首歌。

最糟糕的還是打風，有一次打十號風球，我家好在夠結實，戰戰兢兢地一家人捱過一晚。可是山下的另一戶運氣就不怎

▲ 小時侯最期待打風，因為茶果嶺每次都好震憾。

▲ 我小時候就是在這裡長大——茶果嶺。

麼樣，我站在山上看著它整塊屋頂的鐵皮被吹呀吹的，直到整個掀開飛下山去，傾刻間，水舞間一樣！

打風的時候小孩子哪裡知道危險？

甚麼都看著新鮮，甚麼都覺得好玩！我和朋友們在十號風球裡放風箏試過，膽大包天，一點不怕死，大風大雨跑到將近兩層樓的山腰跳到小山谷裡，跳完也覺得疼，但是疼完又覺得好好玩，大家都想要再來一次。

「風吹雨打，是我成長的背景音。」

這一章，我想說——

自由讓我長出翅膀，跌倒讓我記得飛得要誠實。

第二章——野孩子的生活無拘無束

——山頭是遊樂場，也是性格長出來的地方。

「沒人教怎樣長大，我就用全身去試、去撞。」

【我的秘密基地滿是驚險刺激】

沒有玩具，就用想像搭建世界
——那片荒野，就是我童年的遊樂場。

媽媽在我四歲時就離家。對於媽媽的記憶，真的所剩無幾。

從小把我帶大的就只有爸爸。爸爸任職運輸，俗稱「揸貨Van」，收入不穩定也僅僅只夠解決溫飽，所以家裡當然連買玩具的餘裕也沒有，早出晚歸養家糊口，自然也是沒有時間管教孩子。

▲ 爸爸每次放假都會帶我出外玩，攝於 1989 年。

【山是遊樂場，後山是我們的老師】

我們用腳走出山徑，也走出自己。
——那片後山，是我們最自由的教室。

我的童年，玩具就是木棍石子和昆蟲，我的日常就是和鄰居小夥伴們「通山跑」。每天睡飽一睜開眼，就是想今天去哪裡玩、探索哪個新山頭。茶果嶺那些荒無人煙的野山頭，有不少的路都是我們一班孩子走出來的。

有一次我們在山上發現一大片高過我們的禾桿草，撥開禾桿草，原來闊然開朗有一片平地，還對著漂亮得不得了了維港海景，我們一班「野孩子」於是利用樹枝木頭組合成一個有蓋的小木棚，從此那裡就成了大家的秘密基地。

每次「出征」後山，都會帶來無限驚喜！我們就地取材，徒手捉昆蟲，後山除了是我們的遊樂場外，更是我們的老師。我們經常躺在一起看飛機掠過啟德機場的星空，我們會在空地上踢毽子、踢足球。

【驚險與浪漫交錯的記憶】

那時我們離危險很近，離快樂也很近
——那時的我們，勇敢得像一首搖滾童謠。

我們撿來樹枝敲打鐵罐當鼓、收集石頭排成琴鍵，嘴裡哼唱著從收音機學來的歌，追追趕趕玩玩鬧鬧，時間根本就不夠我們消磨。

我們也會跑到碼頭的卸貨區玩，其實外面就是海，我們竟然爬過欄杆、走下樓梯，就對著大海玩！

現在想起來真的很危險。

我最記得童年的味道，是「多多」，吃零食、抽裡面的小玩具，就像現在的抽盲盒。然後用小玩具和朋友一起玩遊戲，玩贏了就能把朋友的也吃回來，我存了好幾大盒，都是戰利品，都是童年的笑語歡聲。

SWEET
CHILDHOOD

【童年偷竊事件】

一顆糖，偷走了信任，卻換來了責任。
——第一次失去信任，也第一次學會負責。

正因為在這種環境長大，天生地養無王管，「野孩子」的狂野之心也被激發出來。

七歲小學二年級的一天，我像平常一樣乘坐校車上學，而每次上車前我都會和同住茶果嶺的同學們去村內的德記士多買零食，因為沒有多餘錢買零食關係，我竟然偷拿士多店的糖果，被老闆娘抓個正著，結果當然沒有好下場，被嫲嫲打到飛天！

我倒是沒有想到，等到爸爸下班回到家，得知事情後沒有責罵，反而硬塞給我二十元。他說：「沒錢就跟我講，下次別偷了。」一接過那張紙幣，我聲淚俱下，從此，亦學會就算生活怎差都好，都不能再偷竊。

▶爸爸的教育方法深深影響了我。

這一章，我想說——

從山邊到樓上，我學會了：家的模樣會變，但家的味道，不會走。

第三章—從燒毀的回憶到萬家燈火

——我們以為童年會一直延續，直到火焰教我，失去也是成長的開始。

【一把無情的火】

火燒的不只是家，還有來不及長大的童年。
——原來最心疼的時候，是連哭也哭不出來。

我在茶果嶺的鐵皮屋裡出世、成長，還以為可以永遠長不大永遠無憂無慮，直到九六年那場無情的大火。

那年我九歲，茶果嶺木屋區發生大火，很不幸，我們家受到波及。沒有經歷過，真的不會知道，那一刻是真的逃生大於一切，根本來不及收拾！所有家當都被燒了。

▲ 那場大火燒毀我家一切，我和爸爸的珍貴合照也所餘無幾。

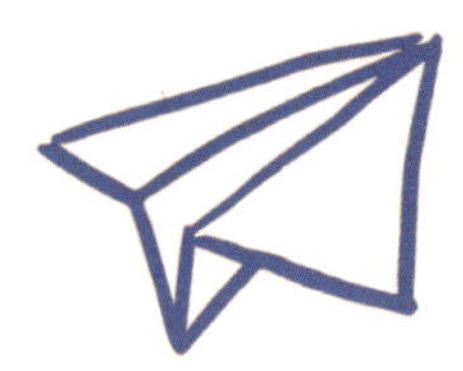

火燒的正旺時，居民被疏散的安全地方。家人和所有災民都是一個心情，憂心忡忡，不知道燒完那場火，家，還能剩多少。

直到火被熄滅，木屋區重新開放讓災民返回，果然，家園全毀，就剩下新搭建起來的廁所，那個廁所我還沒用過多少回。

九歲的我，也是那一次第一次感受到甚麼叫化為烏有。我覺得最可惜的是，爸爸後來因癌去世，那場大火，燒掉了我和爸爸的大部份合照，燒掉了我的童年回憶。

原來最心疼的時候，是連哭也哭不出來。

【樓上是另一種風景】

從山野奔跑到混凝土森林，自由變成了回憶——有了房間，卻失去了奔跑的空地。

大火以後，我們跟著爺爺嫲嫲很快就安排上了公屋，我們從一個一個幾近原始的環境搬進了高樓，住進了順利邨。環境變了、朋友也不一樣了，小時候的朋友們各散東西。

和木屋區最大的分別是，上樓以後，家家戶戶緊鎖房門拉上鐵閘，大家互不來往，最多也就是點個頭、打聲吵呼。

▲ 小時侯喜歡跟伙伴們通山跑探險，搬到順利邨後，自由變成了回憶。

▲ 我的童年生活從不覺苦悶，平日可跟伙伴們通山跑，往後山探險；一到假期，爸爸便會帶我出外玩。

▼好多朋友睇完相，個個都話我跟爸爸很似樣，是的，只要我戴上那個眼鏡 ... 神還原。

【鐵閘裡的童年】

從山野自由跌進屋邨鐵閘
——快樂被困在裡面，但心仍望著山奔跑。

當然了，孩子嘛，很快就能在學校裡屋邨裡交到新朋友，也很快就能適應新環境。

通山跑到處探索再沒有可能，取而代之的是有了自己的房間和私人空間，放了學逛商場或者躲進房間玩電腦又是另一種生活和玩樂模式。

嫲嫲對我管教很嚴，她要工作，學校假期的時候為了確保我的安全，總是把我反鎖在家，朋友來找我都像探監一樣，隔著鐵閘找我說話。

▲ 小時侯的我跟現在沒分別，都係咁愛笑。攝於 1991 年。

【屋邨的陰影與光】

有時是墮落的深井，有時是燈火的海洋

——家的模樣會變，但家的味道，不會走。

順利邨是井字型屋邨，很不幸，經常有人跳樓輕生。最有印象是一次晚上睡覺，突然一聲巨響。家家戶戶應聲而起，一間間房子亮起電燈，原來是低幾層的老婆婆自殺。

◀順利邨

那個婆婆我也認識，可能是疾病纏身、也可能是兒女都移民多年不在身邊，作了這個選擇。我們那兒是熱門跳樓地，很多人住在樂富的也來跳。還有一個大新聞，一個爸爸殺了女兒斬了女兒的頭，就發生在我家住的那層。

記憶真的很深刻，打開家門，我看得到一條血路從他家一直延伸到電梯口，那時候我已經上了中學，明明佬伯很友善，前幾天才跟我說過話。

順利邨也有溫馨的一面，一到中秋節家家戶戶把一大串燈籠點起來掛在晾衣服的繩子上，大家把鐵閘大門都打開，吃月餅吃水果、閒聊話家常，小孩子跑跑鬧鬧結伴玩耍，萬家燈火特別融洽。與茶果嶺相比，又是另一番景象，所以我每年都特別期待中秋節，還有農曆新年。

▲ 我的童年很快樂，大時大節都有爸爸陪伴，這年爸爸帶我和嫲嫲睇聖誕燈飾。攝於 1995 年。

這一章，我想說——

爸爸用一支破結他送我走進音樂，卻也讓我彈出自己的人生。

第四章｜父子之弦

他不曾說愛我，卻用餘生撐起我唱下去的勇氣
——那些話，都藏在飯後的五分鐘裡。

【我的爸爸】

每當我最無助的時候，他都會遞來一張五百紙幣，沒有一句多話——但我知道，那就是他的「我愛你」。

九歲之前住在鐵皮屋的時候，我跟爸爸一起睡一個房間。

九歲以後上樓，為了方便照顧、方便上學，我也長大了，需要自己的房間，所以就被安排跟爺爺嫲嫲住，爸爸在另外一邊的公屋住。我和爸爸從這以後能相處說說話的時間，也就剩下每天下班的那頓晚飯。

但是好不容易等到爸爸下班回來吃頓飯，為了省下停車場的錢，又怕被警察抄牌罰款，爸爸會把車停在街邊。每天等到爸爸上來吃飯，我就得下樓幫忙看車。前後兩個多小時吧，他得休息、得吃飯，也總得跟爺爺嫲嫲閒話家常，留給我的時間就更是少之又少。

時間雖然不多，不過我很珍惜。我是單親家庭長大，四歲開始媽媽離家，就是爸爸身兼母職把我養大，所以我和爸爸的關係很緊密，像是好朋友更像好兄弟。

每天等到爸爸吃飽下樓，我們在車上總會爭取時間談天，他問我學校怎麼樣？交了甚麼新朋友？我問他今天賺了多少錢？最近有甚麼煩惱？

十歲左右的黃毛小孩，還會擔心爸爸一個人寂不寂寞，想不想找個伴，哈！

當然，還會趁這個時間開口問他要零用錢。

爸爸賺得不多，不過總是盡量滿足我的所有需求。小時候爺爺嫲嫲每個月給的零用錢不多，每個星期來回學校交通費、吃個最便宜的學生午餐已經所剩無幾。

有時候自己想買個甚麼東西，就總是把午餐錢省下來，所以我中學的時候特別瘦小。

好在爸爸對我很大方，只要我開口，每次都會塞給我一張五百，算是能幫補一下。

◀十五歲那年跟爸爸到大埔祈福。

【父親的二手結他】

他不說愛，只把破結他遞給我
——讓我用每個和弦，彈出比語言更深的父子情。

十三歲那年，爸爸從垃圾堆撿回一支斷了弦的古典結他，成了我的音樂啟蒙。

在那之前，我還從來不知道每天起早貪黑背負著一大家子人生計、嘴邊只有家長里短開工收工的爸爸竟然會音樂！我看著爸爸帶回結他的時候不以為意，幾乎連頭都沒有抬起，卻突然聽到〈分分鐘需要你〉，正是爸爸在輕撫琴弦。

原來爸爸除了結他，還會二胡和笛子，不管甚麼樂器在他手裡，都變得輕而易舉。從此我對爸爸刮目相看，我對音樂也變得開始有好奇心。

自己買書看、上網找資料，學會了最簡單的幾個結他和弦，第一首開始彈的歌就是〈Today〉，一學會就迫不及待彈給爸爸聽。

▼ 左邊那個就是爸爸送給我的二手結他。

我總覺得和爸爸的音樂天份相比差天共地，不過爸爸卻總是面帶笑容鼓勵我：「爭少少啦！下次再練。」

從此以後兩父子又多了個活動，一起彈彈唱唱 Jam 歌，然後爸爸說的這句話，就深深的烙在我的腦海裡，每次撞板每次遇到挫折，這句話就成了我跌跌絆絆成長路上的陽光和養分，讓我總是能再爬起來，為了前路繼續努力。

【我的鄰居 Chris】

不是每個音符都彈得準，但我們的笑聲，從沒走音
——那年我們用笑聲對抗孤單。

除了爸爸，我的音樂啟蒙老師還有一個朋友，我的鄰居 Chris——就是那個從小會隔著鐵閘，陪我玩陪我說話打機度過「鐵窗邊緣」的那個朋友仔。

我和 Chris 從小玩到大，幹甚麼都形影不離。就連爸爸吃飯我看車，也是 Chris 跟我一起陪我說話。打遊戲機打到悶，有一天我們冒起一個念頭，想一起做些別的事。說起來對會雙手彈琴會用結他彈出歌曲的人充滿艷羨，我們倆也決定去學一學。

坐地起行，就近在新蒲崗找了一間琴行，問爸爸要了一千多元交了頭一個月一共四堂的學費，不過學完這四堂就再沒有上課，從此以後靠自己。

◀ 他就是跟我一起學音樂，一起成長的好兄弟 chris。

【第一次台上的掌聲】

「我從來不知道，原來掌聲可以讓人相信自己。」
——那一刻，我不是在表演，而是在被喚醒。

爸爸也就是第一個月無限支持，第二個月以後就叫我要開始自己張羅學費，那年我中三，初戀剛剛開始，哪有錢？有錢也會留下來拍拖見女朋友吧？美其名是自學，哈哈，其實是為了省錢談戀愛。

自學結他兩年，中五的時候學校舉行才藝表演，有個朋友請我彈結他伴奏。

那是我第一次上台。第一次從台上聽到來自台下的掌聲，第一次發現，原來表演可以讓我這麼快樂，這麼有滿足感。

▼ 中五那年我在校表演，那是我的第一次。

▼ 讀書年代經常約埋朋友去唱K，攝於我的第一次唱K。

老實說，從來沒覺得音樂是我的興趣、也從來沒有心懷大志想過將來。音樂對我來說本來談不上抱負和理想，直到那次聽到掌聲，一切都變得不一樣。

音樂從來未必是夢想，但那一刻，我開始動搖。

▲ 參加觀塘歌唱比賽。

原來我細個真係幾靚仔

有人話我中學時代已經似韓星，
但嗰陣我最關心嘅，唔係自己有幾靚，
而係幾時可以站上舞台、拎住結他唱自己寫嘅歌。

相中係唔同時期嘅我——
一個懷住舞台夢想嘅男仔。

「你嗰陣，真係好傻——但傻得啱啱好。」

這一章，我想說——

從此，我只能學會堅強，因為沒有人再能替我撐傘。

第五章—下一站，新太陽廣場

「人生有些舞台，不是夢想鋪排，而是生活推我上去。」

【第一次唱歌】

那一年我十六歲，唱出來的不只是歌，是我開始相信自己——那一刻起，我和麥克風之間，就再也分不開了。

學校的才藝表演以後，學校有個社工找到我，說有個活動可以讓我們參與，問我們有沒有興趣去尖沙咀的新太陽廣場表演。

新太陽廣場在尖沙咀廣東道，每次唱兩個小時有五百元車馬費，第一次表演，照樣只負責彈結他。沒想到第二次表演表演前夕，同學說要暫時離開香港，十幾歲、膽粗粗，同學說我也可以唱，我就上台自彈自唱，那是我第一次在別人面前拿起麥克風。

◀當年我在尖沙咀新太陽廣場表演，每次都有五百元車馬費，用來幫補我的零用錢 。

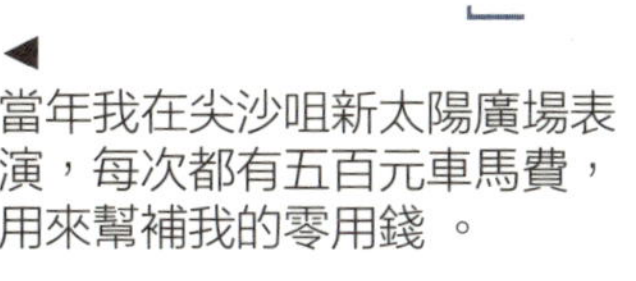

我最記得表演場地在商場地下對著廣東道的繁華路面，整場表演一共十首歌，唱了足足九首，一個駐足聽我唱歌的行人都沒有……

我也是甚麼都不管不顧，一直低著頭自己唱自己的，直到第十首歌，抬起頭才發現，街上站滿了人，大家都在聽我唱歌，那首歌是優客李林的〈認錯〉。到表演結束，竟然還有人找我合照、有人給我打氣！

從此以後，每場表演我都會唱〈認錯〉，我也是那時候才知道，選歌原來大有學問，要有技巧、要適合自己，要和觀眾有互動要有對話，那年，我十六歲，唱出來的不只是歌，是我開始相信自己。

【爸爸的觀眾席】

他不只是父親，更是我人生第一位觀眾
——他的掌聲不響亮，卻一直在我生命裡迴盪。

有時候，爸爸也會在百忙之中抽空來廣東道聽我唱歌。我覺得爸爸比我有天份的多，學甚麼都很快，但是對他來說，那個年代音樂和樂器對他來說同樣遙不可及，追求夢想太奢侈。

你想他一個人要養家養我，一天二十四小時，有十二個小時都在車上東奔西跑，就為了賺那點微薄收入，哪有時間和精力玩音樂？

我知道，爸爸為了我，真的放棄了很多。

十八歲那年，我已經在新太陽廣場唱了兩年歌，有一天同樣是背著結他坐上前往新太陽廣場的巴士，電話響起，是姑姑打來的，他說爸爸出事了，是肝和肺癌。

我這才想起來爸爸這半年總說肩膀和背疼，而且瘦了很多。他四十四歲而已，當時說五十肩搪塞過去，我也才十八歲，哪懂那麼多，信以為真。

【那通改變一切的電話】

唱那首歌的那一刻，我不是在表演，是在祈禱
——音符替我開口，對天呼喊那句我來不及說的愛。

聽姑姑說完，我就在巴士上一直哭，可是等一下還要表演，不知道該用甚麼心情唱。到了商場，我一直背對著別人，壓抑著心情準備完現場，又躲在廁所裡繼續哭……

商場的廁所很濕也不乾淨，可是那一刻根本甚麼都已經不在乎，就趴在商場的廁所地下嚎啕大哭，站在一邊的朋友完全不知道該怎麼安慰我。

現在想起來有點起雞皮疙瘩，當時我強作鎮定擦乾眼淚出去唱歌，那一天有一首歌是〈愛很簡單〉，就是〈中年好聲音〉決賽演唱的最後一首歌，我一邊唱一邊哭，真的很心疼，我只剩下爸爸了，他明明還很年輕，為甚麼上天要這麼對我，這麼對爸爸？

【醫院裡的最後二十一天】

爸爸住院的最後日子，我用結他和歌聲陪伴他，默默承接他的夢想。

強撐到演唱完畢，我立即趕到醫院看爸爸。他見到我竟然還像往常一樣故作輕鬆，笑著跟我說：「癌症嘛！食幾多著幾多整定……」

從我接到電話那天算起，到爸爸去世，只有短短的二十一天。

那二十一天，我每天都會去醫院看他。當時我白天一份文職工作，晚上下班就帶著結他去醫院看他，陪他說話、給他唱歌。我從來不會在他面前哭，但是每天晚上離開醫院坐上回家的小巴，眼淚就會不由自主的往下掉，停也停不下來。

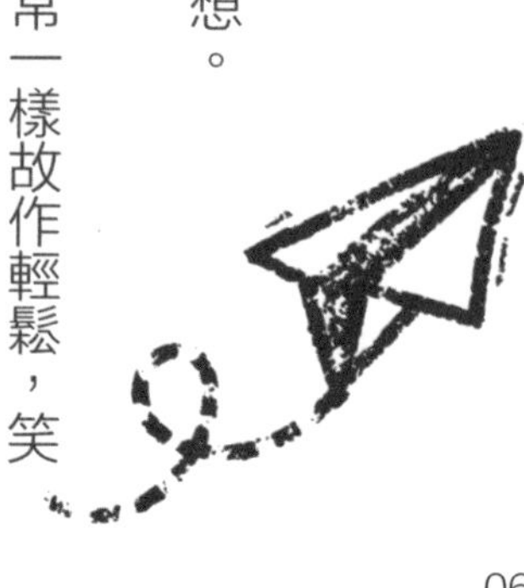

他把未完的夢想放進我手中，叫我堅持唱下去
——從病房到舞台，我用歌聲走完他未竟的路。

【我是唯一的男人】

那一晚，我從男孩，變成了男人
——我知道，他走了，但也將整個家的重量交在我手上。

我才十八歲，還未學會長大，就要面對爸爸的離去。他握著我的手說：「想做咩就去做，鍾意唱歌，就一定要堅持！」那晚，他第一次在我面前落淚，說他也捨不得我。

之後幾天，他突然變得精神，我每天帶著結他到病房唱歌給他聽——那是我們最後的時光。

直到那天，心跳機上的數字慢慢下降——十、九、八、七……直到零，爸爸眼角滑下一滴淚。那刻，爺爺老了，爸爸走了，我成了家中唯一的男人。我強撐著情緒安慰每個人，直到獨自走進廁所，才崩潰痛哭。

那晚，是我真正的成人禮。

〈That's Why You Go Away〉

Baby won't you tell me why there is sadness
in your eyes
I don't wanna say goodbye to you
Love is one big illusion I should try to forget
But there is something left in my head……

這一章，我想說——

那一年，我從哭著唱歌，到唱出屬於自己的歌——

我明白了：唱歌，不只是夢想，是我和世界對話的方式。

第六章—唱一場夢，給爸爸聽

當全世界都靜下來，我用歌聲回應爸爸的叮嚀

——那不只是舞台，是我對他許下的承諾。

【最後的告別】

那一按，是告別，也是成長

——從此以後，我學會了，愛也可以是親手放手。

爸爸咽下了最後一口氣，作為唯一的兒子，身後事幾乎都是我出面操持的。在醫院幫他換上乾淨整齊的衣服、看著職工幫他打包運走，然後賣掉爸爸的貨車湊齊殮葬費，買水、出殯火化……

最難受，要屬火化那一天，我得負責按鈕。

我是真的捨不得按下去，因為那將是最後一件事、按下去就代表得要跟他說再見，送他走。

【三個月無聲】

他留下的不是車，而是一顆要堅持的心

——失去聲音的日子，我學會了怎樣不放棄。

爸爸去世以後，我足足三個月沒有說過話。

我不想待在家裡無所事事、但是回到公司又像是個行屍走肉。我不想見任何朋友，朋友們也都不敢來找我，因為不知道怎麼安慰我。

每天到了晚飯，我還是習慣性的想走下樓去，想著爸爸的車快到了得去幫忙看車，可惜我連車都沒有能力留下來、爸爸唯下剩下給我的，是一部照相機。

【再次上台】

我唱歌，不再只是為自己
——每一次開口，都是對爸爸承諾的回音。

爸爸的離開，是打擊，也是成長的洗禮。

三個月過後，我收拾心情，再次接觸人群、再次接起演唱工作，

新太陽廣場、觀塘APM，港九新界十八區的商場我都去過。爸爸雖然離開了，但是爸爸的話從來沒有如此刻骨銘心過：「鍾意就一定要堅持到底！」

▲ 經歷了三個月無聲的日子，好兄弟Chris陪我再上舞台表演。

【被推上舞台的起點】

從素人到歌手，我想讓爸爸看到我的堅持

——而我的第一步，是朋友為我偷偷報名的那一刻。

二十歲參加有線電視舉辦的《線動真音樂歌唱大賽》以前，朋友已經遊説我參加過別的比賽。

我一開始覺得唱歌是表演，不應該是比賽，本來很抗拒，結果就像是那些個耳熟能詳的老套故事，朋友覺得我能行，偷偷幫我報了名。

零七年，在有線電視的歌唱比賽中贏了亞軍，比賽後順理成章就得和電視台簽約做歌手。

比賽規則是先選一首歌參加初選、然後複賽，最後進入決賽，打進決賽之前，有點現在真人秀的感覺，安排我們學習化妝、跳舞、改變形象，跟以前在坊間參加的小型歌唱比賽完全不一樣。當時家裡也有裝有線電視，看著自己在電視屏幕上出現，興奮得很！

覺得自己也算是踏進電視行業了！還記得，那年我的決賽參賽歌曲是〈太想愛你〉，這首歌我唱過很多次，高音和真假音轉換更是信手拈來很適合自己，有信心自然發揮就好，決賽夜順利進入第二回合的最終決賽。說來很有趣，我是唯一一個男孩入圍總決賽。

那個晚上《線動真音樂歌唱大賽》的評判也是肥媽瑪俐亞，十幾年前也是她見證我第一次參加電視比賽贏得亞軍。

▶二零零七年得到有線電視《動真音樂歌唱大賽》亞軍。

【代表香港，走出第一步】

那一年，我成了香港的聲音
——第一次踏出本地舞台，才發現，世界很大，但我也可以很勇敢。

比賽以後，我和《線動真音樂歌唱大賽》冠軍歌手一起代表香港去馬來西亞檳城參加亞洲音樂節。

雖然在活動上我只取得了優異獎，不過因此結識了不少亞洲其他地區的年輕歌手和音樂人，那是我第一次代表和港、第一次接觸世界性的比賽，見識到天外有天、人外有人，還跟馬來西亞歌手茜拉結為朋友。

那年我二十一歲，她十八歲，雖然後來她參在中國選秀節目《我是歌手》紅遍大江南北，卻一直記得我，多年以來都有在社交網絡聯繫和互動。

▲ 2007 年在馬來西亞參加《上海亞洲音樂節》認識了茜拉（Shila）。

◀同年我在上海亞洲音樂節獲得優異獎。

▲ 2008 年在新城爆頒獎禮獲得「創作新登場歌手獎」。

◄▼ 08 年樂壇很熱鬧，我們一齊追尋音樂夢。

▲當年我跟陳偉霆、高皓正等同屬男新人，大家互相鼓勵。

【識於微時的朋友們】

即使我們不一樣地發光，也一樣真誠珍惜起點的回憶
——那是我們最青澀、也最真摯的時光，誰都沒忘。

那一年我還成為了 08 年的樂壇歌手，最幸運的就是通過新人巡禮的眾多表演機會，不僅累積了演出經驗，也認識了不少同年出道的歌手朋友：陳偉霆、狄以達、G.E.M. 鄧紫棋、胡杏兒、黃宗澤、王祖藍，還有現在參加《中年好聲音 3》趙浚承當時也是零八年新人組合 Square 的成員。

我們都是同年出道的樂壇新人，都成為了識於微時一同起步的好朋友，直到現在大家還是覺得很親切，見了面都免不了要緬懷一番。

▲ 我和 G.E.M 都是 08 年新人。

▲ 當年在有線做歌手可以出新歌拍 MV，還為唱片《getting start》拍封面照。

【第一首歌〈家教〉】

這不是一首歌，是給爸爸的情書
——我用旋律，把他的一句叮嚀唱成全世界都聽得見的聲音。

我出道第一首歌是〈家教〉，說的就是爸爸和我之間的故事和他影響我最深的事。

林夕寫的一句「爸爸教我跑步，不看速度，能換到最暢快的呼吸，先驕傲。」這真的就是爸爸跟我說過的話，成就雖然很重要，但是成績並不是終結，過程才真正值得我們享受。

那年轉變對我來說很大，從素人到歌手，從商場演唱到能出席頒獎禮和大明星同台，能見到很多兒時偶像和特別喜愛的前輩歌手，有一次我記得我主動走向蘇永康打招呼，意想不到的是，他竟然也看過我的演出，給了我很多鼓勵，叫我加油。還有從小就特別欣賞的許志安，也是看著我入行。

【成名以後的現實】

夢想的門打開了，但門後，是現實的風暴

——那一年，我才真正明白，成名從來不是終點。

二十歲，真的很天真，以為從此以後就不一樣就是明星了，比賽後第二天就向公司遞了辭職信。

我還記得知道我辭去了正職，電視台唱片部的經理人比我更愕然，到了後來我才知道為甚麼他的反應比我還大……

我沒想過做歌手真的沒收入，那一整年裡，只有一個商場演出是真的有酬勞的。平時化妝、弄頭髮都是自己出錢、出入工作經理人又叫我顧及歌手身份不要坐公

▶二零零八年擔任蔡依林北京演唱會嘉賓。

共交通工具，一整年下來賺了五位數酬勞，更多的是把積蓄搭進去，花錢花得比流水還快！

可是我本來就是文員仔一個，積蓄又能有多少？開始還能用積蓄倒貼，有的時候還能安排我們做一些節目主持賺一點點騷錢。捉襟見肘捱了半年，終於有自己的新歌推出，還以為日子會開始變好了呢……

▲ 當年在有線音樂節目《線動真音樂》訪問任賢齊。

▲ 新城電台訪問，左起：瑪姖、我、農夫。

▲ 當年做新人咩都有得玩，為香港電台錄廣播劇。

這一章，我想說——

夢碎聲響刺耳，現實沉默更深。在最暗的日子裡，我學會謙卑、直視自己，也遇見了命中最重要的人。谷底不是終點，而是另一場出發。

第七章─夢醒以後，我還是我

「當夢塌下來，才明白自己要用什麼站起來。」

【金融風暴來了】

夢碎得很響，但我還在
──當夢塌下來，才明白自己要用什麼站起來。

第一張個人專輯《Getting Start》推出以後，公司還在找我談第二張專輯，我單純的以為前途一片光明、一切都會好起來的時候，一場金融海嘯，公司倒閉。

我自己算過，做了一年歌手、賺了五位數字酬勞，實際上每個月的收入還不如一個洗碗工。然後那五位數字酬勞一到手，我也沒想過為未來打算，先用四萬大元給自己買了一支結他，買結他的錢、花掉的積蓄都還沒賺回來，這就倒閉了？不止沒得賺，唱片公司還說我倒欠了公司不少錢。

▲ 當年我的第一張個人專輯《Getting Start》。

【不做主持，然後後悔】

不是每個選擇都對，但每個失敗都值
——有些路轉身才懂，那時候的我，還未學會停下來聽清楚自己。

說起來其實唱片公司待我不薄，不但不用還錢，還問我有沒有興趣轉形做主持。

年少氣盛、音樂理想大過天，連唱片部都沒有了，留下來還有甚麼夢想可言？我幾乎沒怎麼考慮過，就拒絕了公司，結束了短短一年的賓主關係。

我曾幾何時也有想過，後不後悔去有線做歌手呢？錯當然不在電視台，是我後悔自己做歌手做的太失敗。

▲ 我的第一張專輯由 Eric Kwok 監製。

離開的時候，看著戶口簿僅剩的那點錢，就好像做了一場夢，現如今夢醒了。

雖然收入不多、第二張專輯也胎死腹中，但是這一年的歌手生涯，有一些經歷、有一些友誼對我而言卻是無價的。

▶有線那一年，我識咗好多好朋友，翠如BB係其中一個。

▲ Zoie 譚凱琪係我有線年代的師姐，人很好。

【低谷裡，我學會放下】

不是廢人，也不是勇者，只是還沒準備好
——真正的成長，不是在風光裡，而是在低頭那刻開始。

二零零九年底，我離開有線電視，站在門外的那一刻，一向親切有禮的保安大叔竟然面無表情，連一句「再見」也沒有說…… 那畫面我記到現在。那一刻，我才真正感受到：我已經不再是歌手、不再是藝人，一切都變得真實起來。

離開的那幾天，我心情很凝重，開始反問自己：「明天呢？我還可以做甚麼？」那時我才明白，當沒有唱片公司和電視台作後盾，自己原來真的甚麼都不是。靠自己、靠朋友談合作、找機會，半年都沒有回音。當初拒絕轉型做主持，是因為年輕時以為自己會一直發光，結果半年後卻因為太窮，第一次認真向現實低頭。

那半年，我留在姑姑的公司幫手，做寫字樓文書、收拾倉庫，簡單來說就是打雜。雖然每月只有幾千塊收入，但至少不是廢人，也勉強能維持生活。但說實話，內心其實恐——因為我知道自己在逃避。

明明可以找一份收入更高的工作，卻遲遲不敢踏出一步，只因為害怕要放下身份，面對現實。

那段時間，我沒有舞台、沒有夢想，只有現實。但也就是在那個最低潮的時候，我開始明白，貧窮不只是困境，也是一種教育。它教我放下自尊，也讓我明白，真正的成長，是從低頭的那一刻開始。

第二人生——在現實裡尋回音樂

愛情是起點，現實是試煉，從戀人到伴侶，一同面對成長與責任。

這段人生，我想說——

夢想跌碎後，我選擇從頭來過。從歌手變記者、從戀人走到家人，舞台換成生活，才明白堅持從來不是為了光芒，而是為了踏實地走下去。

每一場爭執、每一次低谷，都是我重整信念的過程。

「愛情不是避風港，而是點火器——她沒有替我逃避現實，而是逼我重啟人生。第二人生，就從牽起她的手開始。」

第一章——我的火山女神

當我在人生低谷，她像火山一樣突然爆發

——不是毀滅，而是照亮。

這一章，我想說——

當我願意誠實說出『因為我冇錢』，世界就不再那麼可怕。

從舞台跌落凡間不是結束，而是用雙腳重新站穩的開始。

音樂夢還在，只是換了個入口等待我再走近。

【一見鍾情】

她在我最不堪的時候走進來，卻沒有轉身離開
——愛，從不是你準備好了才來敲門。

就是在那段時間，朋友曹敏實說要給我介紹個朋友。

一開始我還不以為意，就以為可能是做歌手的時候有人聽過我唱歌。那一天，我們約了一起去唱卡拉OK。

你也知道卡拉OK的環境，包廂裡陰暗、外面特別亮敞，走廊很長冷氣很足，那一下，Louise推開包廂門，帶著一陣風、頭頂女神光、長髮隨風飄起，那個感覺，我想就是一見鍾情吧！

Louise選港姐出身，當時是TVB旗

下藝人，我和她見第一面話題不斷很投緣，那次以後，兩人也很快就再約出來見面。我明明對她有好感，但是一開始不敢在一起，說白了，就是沒錢。

那段日子我是真的窮，窮到總是銀行戶口裡只剩雙位數字，連一百塊也拿不出手。你說人家年輕貌美、條件出眾，我憑甚麼追求她？

【同月同日生的默契】

我們的默契，從生日那天就寫進命運裡

——命運不吭聲，卻早已偷偷安排你會遇上誰。

有一次我們去西貢吃甜品，她跟我說生日是十月八日，十月八日？豈不是跟我同月同日生？說完了我不相信，還叫 Louise 拿身份證出來證明。看到她身份證的時候，我當下真的呆了三十秒！

我們倆真的很有緣份、也很有默契，優點和缺點都類似，還有最重要的是，她能接受我窮！是她鼓勵我不要再躲起來！慢慢的，我們自然而然就走在一起。

▶我們同月同日生日，注定一生一起慶祝。

【火星撞地球的性格】

不是不爭吵才叫相愛，是爭吵後還捨不得走
——愛不是沒火花，而是願意一起走出硝煙。

當然了，兩個性格相近的人，有特別投契的時候，也有火星撞地球的時候。我記得才剛剛在一起不久，她負責開車我負責導航，一起去大尾篤。那是一條有四條行車線的大路，因為導航好巧不巧就在轉線前慢了一點點，她在紅路燈前停在了錯誤的行車線上……

事情其實不大，但她的脾氣一燃就爆。我愈是道歉、她罵的愈大聲。她脾氣不小，我也不是省油的燈，我叫 Louise 停車讓我下車、她不肯，我乾脆就在高速公路上打開車門，那個晚上我們互不相讓，各走各路，不過心裡都後悔。

我想，我們倆的默契也是那一個晚上萌生的：有多愛，就要有多大的承受能力。

【她沒拉我一把，只是在我身後推了我一下】

她從來沒說過『你要成功我才愛你』，但我想成功，就是因為她愛我
——最強大的支持，往往不是拉你衝線，而是默默站在你背後，叫你繼續行。

Louise 的性格其實也有很多好處，我人生中有很多重大的決定也是她在背後支持我、成就我。比如於下「幕前」、「歌手」的包袱重新踏進社會面對人群，就是她讓我看清現實、鼓起勇氣走出第一步。

我人生中很多重要的轉捩點，背後都有她的影子。當我還困在「歌手」與「幕前」的包袱裡，不敢重新踏進社會，是 Louise 叫我放下執著，看清現實，重新整理自己。

就是 Louise 讓我看清現實、鼓起勇氣走出第一步。

那段日子我覺得自己像個失敗者，什麼都不是，什麼都做

▲ 遇上 Louise 係我一生最幸福的事；攝於 2012 年墾丁。

不到。她卻看著我說：「你未必係最叻，但你一定唔係冇用。」

那一刻，我忽然覺得，原來有人相信的眼神，比成功更重要。她沒有逼我做決定，也沒有幫我做選擇，只是靜靜地在旁邊陪我、鼓勵我，讓我有勇氣重新出發。

▲ 我們一起走過高山低谷。

這一章，我想說——

當我放下歌手的光環，才真正看見現實的樣子。從被訪問到訪問別人，從怕窮到敢說出口，這些年我學會了與自己和解，也重新拾回對生活的主導權。夢想沒有熄滅，只是暫時潛伏，等我準備好那天，再次啟程。

第二章｜從被訪問到訪問別人

當我學會放下包袱，人生才真正開始起飛
——卸下身份的重量，才能輕裝上路。

【從明星到娛記】

面子可以撿回來，機會不能錯過
——低頭不是放棄，而是為了看清方向。

接受 Louise 意見後，我剛好跟朋友說起想找工作，不久高皓正就介紹了我人生的第一份媒體工作——《東方日報》。我的第二人生，從這裡重新出發。

以前我是以歌手身份被這群記者採訪的人。第一天上班，就有老相識問我：「你做咩會喺度？」我照實答：「返嚟上班。」對方沒多說，但那反應，正是我最擔心的——身份的落差感。

▲ 是高皓正幫我穿針引線，介紹我入行做記者的，真心要多謝呢個兄弟。

我曾經以為歌手高人一等，做記者是退而求其次。但現實教我明白：不論背景幾多光環，跌低了，一樣要「馬死落地行」。

從「被訪問者」變成「訪問別人」，不是跌低，而是開了一扇新門。那時我邊做邊學，從零開始；也在這段時間，慢慢找回方向。

我常提醒自己：如果沒有戶口只剩雙位數的那段日子，我不會學懂——謹慎與踏實，是靠撞過板才學回來的。

【真實的社會課】

傷害不是最重的，逃避才會讓人更痛——你不敢看的，正是最需要面對的。

我要面子，但比起面子，窮才是真正難堪。就像黃子華在《破地獄》裡說的：「呢個世界最惡頂嘅，係窮！」

其實很多人並沒惡意，只是出於關心，但那些關心曾經像一種傷害。直到有一天，我終於想通了，上班又如何？我學會了誠實面對自己，再有人問「搞成咁？」我就答：「因為我冇錢囉！」

我在《東方日報》做每日娛樂新聞，從完全不懂到能剪片、錄旁白、出即時新聞，慢慢從幕前變成幕後、從被採訪者變成採訪者，一步步打好根基。真正學到的，不止是新聞技能，而是懂得怎樣面對現實、不再逃避自己。

▶做記者時，我經常要自己充當攝影師。

【記者生涯的第一課】

不是因為做過歌手才懂訪問，而是因為跌過、痛過，更懂得傾聽——訪問別人，是在理解對方的故事，也重新理解自己。

有次做娛樂專題訪問到容祖兒，她笑著對我說：「我知道你以前唱歌，依家做主持都幾好呀！你要加油，呢行就係咁，個個都等緊一個機會！」這句說話我一直記住。不只她，陸永和其他歌手朋友也曾鼓勵過我，令我更有信心繼續這條主持與記者的路。

這些年訪問過張智霖、黃小琥、林宥嘉、蕭敬騰……

不少人和故事，都讓我發現自己其實很享受聆聽和對話的過程。

當然，說話技巧是要練的，我也撞過板。

▶祖兒一番話令我明白，只要努力做好自己，總會有人睇到的。

那些我訪問過的紅星們

做記者最開心係出去做訪問，度橋做專題，每次跟受訪者溝通都有好大得著。
謝謝你們分享，讓我獲益良多。

最難忘是第一次訪問張繼聰，竟然開場白就說：「你係謝安琪老公……」現在想起都覺得失禮。幸好他大方沒計較，直到多年後我終於親口向他道歉，他也笑說早已忘記，叫我別再介懷。

▲ 其實都要多謝阿聰，EQ 高又靚仔，令我學懂做人，真心感謝。

▲ 當年 Boyz 我都有訪問過。

【我們的聯名戶口】

夢想有多遠，不如看看錢包有多實
——愛要落地，才會生根。

以前在姑姑的公司打雜的時候，人窮志短，不敢見人、也不敢追求心愛的女孩。等到我在《東方日報》工作在學習和實踐中慢慢站穩陣腳、收入開始穩定以後，我才重新成為那個有信心、有底氣的周吉佩。

當時太太 Louise 也離開無綫，在銀行上班。她家教很嚴，每天十二點前就得回家，是個名副其實的灰姑娘，為了跟她多見幾面，我當時找了個離她家很近的出租屋獨居。戀愛一年後，我向她提出計劃一下未來，我們於是開了個聯名戶口，開始每個月一起存錢。現實就是現實，首先得要有工作、收入穩定，人才會敢想未來，開始有計劃、有目標，希望有改變。

▲ 那些年我窮我沒錢，但 Louise 仍肯跟我一起，感恩；攝於 2011 年情人節。

【當生活漸穩，夢開始騷動】

我不是不想安穩，只是還有一首未唱完的歌
——夢想從未熄火，只是暫時靜默。

在《東方日報》工作近三年，我選擇跳槽去《蘋果日報》動新聞做組長，因為那裡可以出鏡、有更高收入，也有更多接觸藝人的機會。

一切似乎步入正軌，收入穩定、生活安定。但就是在這樣的「穩」，讓我開始不安。那些曾經壓下來的旋律、聲音、舞台的畫面，重新在心裡騷動起來。

我明白，那些歌，從未真正離開過我。

這一章，我想說——

結他再響，不為懷舊，只因熱愛從未離開。

夢想沒有過期，只是換了方式，在責任中繼續唱下去。

第三章——結他再響的那一天

「當夢不再只是年少衝動，而是一份成熟的執着。」

【再次集合】

我們不是從頭開始，而是帶著歲月再聚首
——音樂從沒散，只是等我們準備好再出發。

十九歲時，我們幾個志同道合的朋友組成了樂隊 space，在商場表演。後來各自忙碌，樂隊漸漸淡出。

多年後，我重新聯絡他們，試探大家是否還願意拾回這個被生活擱置的夢。

那晚，我去黃大仙找鼓手阿火，說不如我們把這些年的經歷寫成歌。一晚談到天亮，隔天就分頭聯絡其他成員，租 Band 房、寫歌、報名音樂節，從零開始，甚至漸漸有了粉絲。

【sp'ACE 再出發】

不是重溫舊夢，而是打造全新的開始
——舊結他不只是樂器，是我們堅持的證明。

重組後，大家雖有正職，但熱情未減，每月抽出兩晚通宵練歌。我也把塵封多年的木結他重新拿出來，sp'ACE 正式再出發。

二零一七年，樂隊簽約出碟。憑我記者與製作經驗，MV 都由我親自導演、剪接，為的就是節省成本，讓我們的夢走得遠一點。但現實沒那麼順利——當一切看似準備就緒，卻發現出唱片會與我正職產生衝突。

【黎瑞恩的溫柔支援】

她教我們唱歌，也教我們做人
——真正的大師姐，不只扶你上台，還教你懂得低頭。

大師姐黎瑞恩（小恩子）當時與我們同屬星娛樂。

她不僅擔任我們唱片發布會嘉賓，更帶我們去表演、Jam歌、做直播，甚至邀我們做她紅館演唱會的嘉賓。

她常提醒我們「Be humble」。在星途未明時，她像一盞燈，照亮我們前行，也教會我們音樂以外的修養。

▲ 多謝小恩子，係你令我相信人生總有出路。

【夢想與責任之間】

要夢想，也要責任；這一次，我知道怎樣走——當你不是一個人走路，就不能只顧自己的風景。

跟唱片公司簽約後，《蘋果日報》上司找我談話，覺得我處理不當。當時我已結婚，即將做爸爸，這不是少年逐夢的時候，是人生重要關口。

起初太太認為我只是重拾興趣，只要不影響正職，她便支持。

但當我面臨辭職抉擇，收入將減一半，她難免擔憂——她最怕的，是我再度變回那個迷失的周吉佩。

【為熱愛找出路】

如果熱愛不能養家，那就讓責任餵飽熱愛

——生活不是放棄夢，而是學懂怎樣養活夢。

那時我們已經結婚、孩子快出生，我知道，這不再是只屬於自己的選擇。太太擔心的不是我的夢，而是我們的現實。她擔心我再一次衝動，再一次將家庭押在一場看不清的夢上。但這次不一樣。我告訴她：「我不會再讓自己跌回谷底。」

我不是放棄音樂，而是用更實際的方法去守護它。

我將《蘋果日報》的工作轉為兼職，再利用其他時間接拍攝、教唱歌、教結他、做節目製作、寫稿度橋……每一份工都是為了守住那一點自由，讓我仍有空間追歌、寫歌、唱歌。每天都像打一場仗，但我心裡很清楚：我要讓她相信，我不是衝動，而是準備好了。

我的夢，不是玩票，是值得信任、值得支持的事

這一章，我想說——

我拼命想證明夢想值得，卻在途中，失去了不少。
家需要時間，夢想需要空間，而我，始終在中間被撕扯。
長大，不只是選擇要追什麼，更是學會，放下什麼。

第四章——夢想是一把雙刃劍

「夢想是一把劍，指向舞台，也刺向心口。」

◀▼2014 年 11 月 27 日，我們終於結婚了。

【結婚與懷孕的十個月】

一場婚禮，改變的不只是身份，還有生活的方向——從此以後，每一個選擇，都不只關乎自己。

二零一四年十一月二十七日，我們結婚了。

當晚請了很多朋友來觀禮，sp'ACE 的樂隊成員、《蘋果日報》、《東方日報》的同事，有線電視年代的同事和老闆徐小明先生，當然少不了太太在 TVB 的藝員朋友，那個感覺很特別，大家齊聚一堂，代表我一路走過的路，離開了，卻又好像從來沒有離開過。

辦完婚禮、開始蜜月旅行，就在起程前的時候，我們發現太太懷孕了，然後九個月後，大女兒出世。其實就在這個結婚和孩子出生的十個月間，我的事業也迎來了巨變。

◀ 2015 年我女兒洛澂出世了。

【簽約之前，沒講過的事】

一紙合約，讓我多了一份夢，卻少了一點信任

——從那晚起，我不再只是誰的兒子，而是誰的爸爸。

sp'ACE 從地下樂隊正式跟星娛樂簽約出道，我都沒有跟太太商量過，她有一段時間不太高興，尤是當時她還懷著大女兒。

二零一五年七月二十二日晚上，是我人生轉換身份的重要一夜，我從別人的兒子，變成女兒的父親。我也沒想到，我甚至從來沒有這麼做過。老婆在浸會醫院待產，我一個人走到太子一間串燒店，一個人吃串燒、喝啤酒，心情複雜，充滿未知。

那一個晚上，我知道應該每個爸爸都一樣，知道從此以後自己的生活會變得不一樣。

【夢想與責任的角力】

夢想沒有對錯，但做丈夫的選擇，會留下痕跡

——夢走得再快，也不能忘了誰在原地等你。

這種矛盾其實在我們之間維持了好幾年，Louise 覺得我沒商沒量不負責任，從來不為家庭著想；我覺得唱歌夾 Band 又不是作姦犯科，兩夫妻常常為了這件事吵架。

音樂和家庭的矛盾與平衡是我那段日子最大的課題。其實我心裡很清楚，身份和以前不一樣，我不是為了我自己而活，我是個丈夫還就快要做爸爸。

一個禮拜兩天去做音樂，對我來說是一件很奢侈的事，更何況練完歌要錄歌、出唱片、宣傳甚至還在計劃做音樂會，到頭來我留給家庭的時間還剩多少？

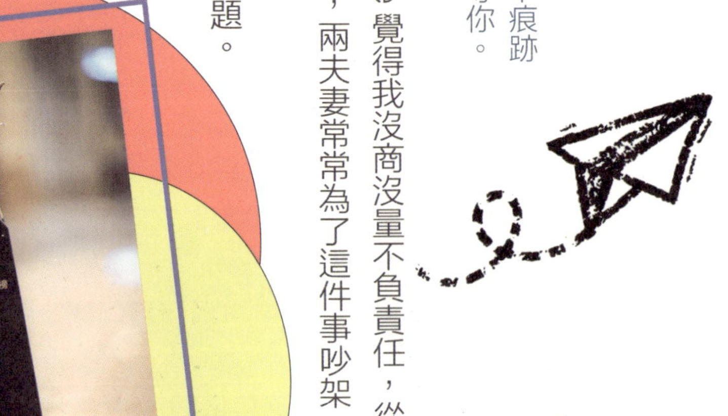

◀ 2018 年我兒子煥林出世了，從此我就成為兩子之父，從此以後，我要百份百愛老婆，因為生仔真係唔容易。

尤其是我還是那種全心全意付出，沒辦法假手於人的人。於是要對家庭投入，又要對樂隊負責，最後變成我一個人在內心和自己角力。

那段時間我的所有演出，太太都沒有出席過。Louise 很長一段時間並不支持我追求夢想，我反而要謝謝她，她越是不支持，我越是要證明我能做好。

有的時候吵架我甚至會放狠話：「你唔支持咪就係因為錢嗎？我依家在正職加上副業賺嘅仲多過以前，你仲有咩唔滿意？」

夢想走得太急，就會拉開彼此的距離。

【從別人兒子，到別人爸爸】

當你開始守護別人，才真正長大
——角色轉變的那一刻，人生不再只是自己的。

當我第一次抱起女兒，心中是喜悅，也是不安。從前我是別人的兒子，從未想過，有天會有人喚我「爸爸」。

那時我剛轉行做記者，收入未穩、生活節奏混亂，偏偏就在這樣的時候，迎來結婚、生子、置業等人生轉捩點。內心不斷問自己：「我真的準備好了嗎？」兩年後，細仔出生。責任與壓力瞬間加倍，但亦正是這些重量，迫使我學會踏實與成熟。我開始明白，人生不再只是圍繞「我想怎樣」，而是時時要問：「這樣做，對家庭好嗎？」也許我未必找到夢想的答案，但我漸漸找到自己真正的角色。

成長，不在於年齡，而在於你願意為誰承擔。

【第二人生下半場—爸爸的角色】

他們會長大，但童年不會重來

——最珍貴的時光，不一定完美，但一定要有你在場。

我最深刻的一次失落，不在舞台也不在職場，而是在機場。原本計劃一家三口去沖繩，作為女兒人生第一次飛行旅程。

到達機場後，才發現我的護照已經過期，當下心沉到谷底。妻子和女兒順利出發，而我只能站在閘口外，望著她們離去的背影，強忍著情緒，但轉身那一刻，眼淚再也止不住。後來我急忙補領護照，安排「補飛」，卻又碰上颱風，只玩了一天半。但我仍慶幸：至少，我終於可以陪她們一起出發。

隔年，我再安排一家六口出行，連同妻子、兩個孩子和岳父母，再次啟程沖繩。

那一趟，才是真正意義上的「一家人旅行」。我對自己承諾：在孩子十歲之前，要盡可能多地陪伴他們。他們放假，我就安排家庭日，不論行山、出遊還是旅行，只要能一起經歷，我都不想錯過。因為我知道——童年轉瞬即逝，而父親的陪伴，只能一次完成。錯過了，便不會再來。

【七日不停工的人生】

疲憊的不是身體，是想做好的那顆心
——當你咬緊牙關時，連時間都會為你讓路。

那段時間我為了賺錢又為了夾 Band 唱歌，寧願把吃飯和睡覺的時間省下來，一個星期開足七天工，最高峰的時候，足足半年沒有休息，三十出頭而已，已經發現自己的身體大不如前、在走下坡。

所幸努力沒有白費，身體健康走下坡時，樂隊的成績卻在走上坡。我是那種特別講究團隊精神的人，甚至把團隊發展遠遠置於個人事業之上的人。

【全場爆滿的演唱會】

有時成功，才是真正考驗的開始——
最難不是沒人看見，而是最終彼此的心走散了。

二零一九年十一月，我們 sp'ACE 在麥花臣舉行首場大型演唱會，全場爆滿，一票難求。燈光、音響、觀眾反應幾近完美，夢想那刻真的實現了。

這場演出是我們十多年堅持與熱愛的結晶，但掌聲過後，暗湧亦漸浮現。關於資源分配、曝光安排、未來方向的討論，逐漸變成爭執。

我們從小一起練歌表演，從不計較誰多做誰少做。可當壓力湧現，有人想快衝，有人想慢行，有人求突破，有人守初心——我們開始走向不同的方向。

成功本應是高光時刻，卻成了分岔的開始。

【終於說出「散 Band」】

有些失去，不是不夠努力，而是走得太遠——最痛的放手，是當你一直撐着，卻發現已不在同一條船上。

樂隊成員與成員之間意見不合吵架紛爭從來不是甚麼新鮮事，作為隊長，我總是從中調和的那個。可惜，到了一個節骨眼上，我也說出了我最不想說出的話「散 Band！」。

這件事當我告訴太太的時候，她也說出了她一直想說的話，說我終於可以把心思放在自己而不是別人身上了。

樂隊真的佔了我很多時間、花了我很多心思，這一役我是真的很傷心，因為多年的努力竟然一在瞬間化為烏有。

這一章，我想說——

我一直以為夢想只是自己的事，直到它差點拖垮我最愛的人。

幸好，命運給了我一次重新選擇的機會。那張《中年好聲音》的報名表，不只是參賽申請，而是我在人生低谷寫給自己的信——

「如果你還在，就請再唱一次。」

第二人生，從來不是重來，而是帶著傷痕，仍願用盡全力，活得無悔。

第五章——曾經迷失，仍選擇再唱一次

當世界靜下來，唯有信念帶你回歸初心。

【黑暗來襲的一刻】

當你不想再見到明天，就讓愛先牽你走出去
——當理智失聲，唯有愛能救回你一秒。

樂隊解散、疫情爆發，多重打擊下，我從沒想過，自己竟會抑鬱。我一直以為自己是個逆境自強的人，但那天，病發來得毫無預警，把我打得措手不及。

當時我剛離開《蘋果日報》，在一間親子公司上班。那天和往常無異，我一個人坐在會議室裡工作。外面同事各忙各的，天空下著毛毛細雨，會議室燈光昏暗。就在那樣靜默的午後，我的世界突然像被雨聲吞沒般，整個停了下來。忽然間，腦後一陣刺痛，我清楚地聽到自己腦裡冒出一把聲音——像是潛伏在心底的另一個分身，語氣輕柔卻無比刺骨：「你做人做成咁，不如打開窗，跳落去算啦……」我猛然驚醒，意識到這不是普通的情緒低落，而是一個警號。

那一刻，我第一時間打給太太。

我知道可能會嚇到她，也可能惹她生氣，所以一接通電話，我就說：「你聽我講，不要打斷我。」我只說：「我覺得自己有啲問題，不如我哋一家出去走一走，好嗎？」她沒有問太多，也沒有否定，只是靜靜地聽完，說：「好。」

【兩次病發，兩次牽手】

有些陪伴，是什麼也不問，只是靜靜陪著你走出黑暗——真正的愛，是無聲地守護你的脆弱。

沒想到，這樣的情況，不止一次。第二次病發，是在一個夜深人靜的晚上。

人快入睡了，卻突然感覺胸口像被巨石壓住，整個人往下沉、無法呼吸。我再次告訴太太，她什麼也沒問，只帶我出去走走。我們去了郊外，看花、看草、看風慢慢吹過樹梢。什麼話都沒說，但我慢慢呼吸得過來了。

那是二零二零年，疫情最嚴峻的時候。不能表演、不能唱歌、不能見人，全港所有舞台都靜了下來。我再次把結他放回盒子。

▲ 疫情時段，人生好像停頓了 ...

這樣斷斷續續的狀態，一直延續到二零二二年——那一年，我看見《中年好聲音》的報名表。就在那一刻，心裡某個塵封已久的角落被喚醒，抑鬱的症狀，也才開始慢慢消退。

【夢想的傷口】

真正的夢想，從不是為了被看到，而是為了不讓自己沉沒
——不是追星光，而是逃出生存的黑洞。

這一次，我又想追夢了——報名《中年好聲音》，但太太一如以往，非常反對。

兩夫妻好不容易回歸平靜的生活，又因這件事爭吵不休。一切彷彿又回到原點：到底一個有家庭的人，還能不能有自己的夢想？她那句話至今還在我耳邊迴響：「你的明星夢，究竟幾時先會醒？」

那一刻，我真的很受傷。不是因為她反對，而是因為夢想這兩個字，在她眼中成了一種自私、任性的代名詞。但我想爭取的，不是舞台，不是名氣，而是活下去的理由。

【報名那一刻，我只是想活下去】

這一次，我不是追夢，我是在夢裡撿回自己
——不是為了被看見，而是為了重新看見自己。

這不是甚麼明星夢，是活下去的執念。我知道 Louise 為甚麼反對，她怕我輸、怕我跌、怕我像上次重組樂隊那樣，付出所有，卻換來一場空。這幾年我幾次病發，她更怕我承受不起。但我心裡很清楚，我不是為了贏。我只是想唱歌。我告訴她：「相信我，我唔係要攞第一，我只係想唱。」

其實，我本來就是從歌唱比賽出道的，輸過、贏過、跌過、爬過，心理素質早就磨練出來了。於是我沒多想，直接報了名。報名是「先斬後奏」，因為我知道她一定反對。心裡想，反正報了也不一定入選，本來打算等適當時機再說，誰知道還未開口，就先接到曹敏寶的電話——我知道，這一次，我不是為了追夢，而是想在夢裡，重新找回自己。

【破裂與承諾】

夢想不是重點，願意和你走下去的人，才是答案

——真正的支持，不是同意一切，而是願意在拉扯後，依然站在你身旁。

——破裂——

我記得那天我站在廚房洗碗，聽到太太在一旁講電話，語氣緊張得讓我膽戰心驚。那晚，我們經歷了認識以來最激烈的一次爭吵。以前無論多大脾氣、吵得多兇，我和 Louise 一直有個默契：絕不把矛盾留到第二天。性格再火爆，也從不讓爭執過夜。我們都沒想到，竟然會因為報名《中年好聲音》，打破這個默契，讓我們的感情出現了十年來最深的一道裂痕。

——承諾——

我入圍《中年好聲音》那晚，我們已經冷戰了三天三夜，互不搭理。我知道不能再這樣拖下去，於是主動開口，想把僵局解開。那個晚上，我完全打開心扉，把自己從小的音樂理想和執念，一股腦兒地傾倒出來。不是為了博取同情，只是想讓她知道：我有多熱愛唱歌，也希望她明白，這可能真的是我人生最後一次唱歌的機會。

我們最終約法三章——我承諾比賽期間，家用絕不會短缺；無論賽程多忙，我都不會忘記自己是丈夫、是爸爸的責任。我們沒看見能走多遠，因為那時誰也沒想到，真的能走到這麼遠。

太太本以為我在海選階段就會被淘汰，結果卻是，一關一關通過、進入一百強、殺入決賽，最後贏得冠軍。

我的第三人生，就是從遞上那張報名表開始。

這段人生，我想說——

我曾以為比賽會改變命運，後來才明白，真正的轉機，是我重新相信自己。

《中年好聲音》不只是一場音樂比賽，更是一趟和夢想和解的旅程；它讓我學會放下自我懷疑，修補破碎關係，重拾信念。

「第三人生」真正開始的那一刻，不在舞台上奪冠，而是在我勇敢開口、再唱一次的那一瞬間。

第三人生——從信念重建到夢想延續

一場比賽點燃希望，一段婚姻支撐轉變，夢想不再孤單，而是成為兩人一起走的生活方式。

這一章，我想說——

這一次站上舞台，不為成名，只為告訴自己還敢唱。Louise的陪伴、女兒的鼓勵，讓這段旅程不再孤單。第三人生，是我選擇與家人並肩，唱歌、創業、出書，把信念活成生活。

第一章——命運的齒輪開始轉動

有些轉捩點，看似偶然，其實命運一直等你到場。

【命運開始轉動】

不是我選了夢想，而是夢想不肯放過我
——也許你以為走遠了，其實命運一直等你回來。

參加《中年好聲音》，是我第三人生的起點。

起初我看到宣傳時，心想這節目會不會又是《殘酷一叮》那種搞笑騎呢節目？但只是猶豫了一下，我就報名了——還成為全港海選第一個報名的參加者。

因為我知道，如果我再等下去，就不會報名了。因為我怕太太反對，也怕自己輸。我把履歷寫得很詳細：做過歌手、組過樂隊、當過記者，連自己唱過的歌也一併交上去。海選我選唱《修煉愛情》，熟歌練了一整個星期，因為這一次，我想交出最好的我。錄影那天，我一個人走進電視城門口，記者攔住我問：「點解出過碟仲來參加比賽？」我答：「想俾自己一個機會。」講得簡

▲ 2022 年中年好聲音海選。

單，其實背後壓力大到不得了……等了兩個小時，終於叫到我。

那一刻，我站在舞台中央，燈光冰冷，手腳發抖，腦海亂糟糟——如果輸了呢？如果又一次被現實打敗呢？我甚至想像太太失望的樣子。張家誠老師問我為什麼來參加，我說：「到了這個年紀，經歷咁多都未成功，我想俾自己最後一個機會。」

結果，我入圍了一百強。

電視台打電話來，我馬上通知太太，她第一句竟然是：「記得戴口罩呀！」我笑了，心裡卻湧起一股感動。那天我去參加記者會，看到場面浩大、媒體雲集，我終於明白，這不是我一個人走的路了。這是命運的呼喚，是夢想再一次，把我從生活中叫醒。

【當有人相信你，你就會相信自己】

最遠的夢，也需要最親的人給你信心起步——
有時候，能走下去並非你夠強，而是因為有人叫你別怕。

《中年好聲音》一百強的第一場比賽，我特別記得。那場比賽是背對觀眾開唱，直到有評判按燈，我們才能轉身亮相。比起海選，我更加緊張，簡直手心冒汗。那天我唱的是〈如果沒有你〉。

臨上台前，收到女兒的電話：「爸爸，唔使怕！我考試默書都唔怕，你更加唔需要怕，你一定行！」那一刻，我真的哭了出來。

我口袋裡還放著爸爸的照片。那一通電話、那一張照片，對我來說，就像是所有最重要的人都在陪我一起上台。

說句題外話，看回錄影時別人未必看得出，但我自己清楚得很：心跳到快炸開、手一直抖，表情控制完全失守。但最終，

▲ 中年好聲音 100 強記者會，其實那天我既緊張又興奮。

我拿了五盞燈，全場只有八位參賽者拿到這成績。那是我多年來，離夢想最近的一刻。

【從地獄回來的人】

跌得多深，就有多想再爬起來——有時候，命運就是要你輸一次，才知道自己有多想贏。

五十強那場比賽，我只拿到三盞燈，無法直入晉級，唯有接受PK挑戰。舉手挑戰我的有李佳、羅啟豪、柳㒭，還有龍婷。我挑了龍婷，因為她是唯一的女聲。

綵排時我沒聽過她唱，純粹直覺——賭一鋪。我選唱〈複雜〉，龍婷唱〈我最親愛的〉。結果，一燈之差，我輸了。我冇講一句客套話，轉身就走出錄影廠。回到家，第一句同老婆講：「輸咗啦，玩完。」

▲ 中年好聲音 26 強，個個都有實力，個個都有故事。

她望住我：「哦，咁聽日返工啦。」

說得像沒甚麼，但其實心裡失落得要命。我整整坐在沙發上發呆三個小時，一句話都說不出來。那天的時間就像靜止了，連手機在旁邊響了無數次都渾然不覺。直到太太突然跑出來大叫：「電視台打嚟搵你呀！」我先彈起身。原來——我有復活機會。

本來規則只會揀一個人，結果阿媽（肥媽）突然話：「唔好揀啦，三個一齊入啦！」就係咁，我從輸到出局，跌落地獄，又被人拉返上台。那一刻，我終於明白，輸唔可怕，真正可怕——係唔再有機會。

◀ 我跟龍婷不打不相識，50 強對戰都玩得好開心。

▼ 多謝阿媽，讓我在中年好聲音中學到好多。

【觀眾席的焦點】

有些力量，不來自音響，而是來自觀眾席的那一雙眼——當那雙眼不再反對，而是陪你同行，夢想才真正開始。

不能不提的是十強賽那一晚——我唱〈留給這世上我最愛的人〉那一集。我選這首歌，是想唱給爸爸，也想唱給太太Louise。沒想到那晚，她真的來了，第一次坐在觀眾席，第一次，在我唱歌的時候，她成為我目光的焦點。

音樂響起，她哭了，我也哭了。

從十六歲開始彈結他唱歌，我一直習慣自己一個人面對觀眾。直到那一刻我才明白，當台下坐著你最重要的人，整首歌會變得不一樣——那不是技巧，是情感的注入，是力量的灌頂。

那晚比賽後，我問她怎麼突然出現，她語氣一貫冷淡地說：「再唔嚟睇，唔知你幾時止步，睇

一場少一場嘛。」我心裡知道，她不是這樣想。後來她接受媒體訪問也說，正是那晚，她被我和所有參賽者的熱愛感染，終於感受到——這條路我不是玩玩，是當真。

從那一晚開始，Louise不再反對，反而成為最強後援：穿搭造型、後台準備、粉絲管理、行程協調，全由她一手包辦。

我們從拍拖、結婚、生女，為「應唔應該唱歌」吵了十幾年；直到這一刻，她不再阻止，反而與我並肩，這才是我夢想真正的開始。我曾對她說：「有你支持，不止多一分力量，是十分。」

離夢想最近的時刻，不是我奪冠那一刻，而是Louise第一次出現在觀眾席，望著我唱歌的那一刻。

【站上台的那一刻】

真正的勝利，是在跌倒後還敢站上台——冠軍，不是我最驕傲的事；最驕傲的是，我沒有放棄過自己。

二零二三年四月二十三日，是我奪得《中年好聲音》冠軍的日子。

宣布結果的一刻，三十六歲的我，才真正明白甚麼是「百感交集」——開心、驚訝、激動、甚至有點茫然，不知道該如何面對接下來的一切。我睜大眼望向太太，她早已哭成淚

人，再望向台下的決賽戰友，他們眼神發亮，一齊衝我喊：「得咗喇！」

直到那晚做完訪問回到後台，公司跟我說：「明天拍攝，後天訪問，大後天錄影……」短短幾分鐘內，我已知道接下來一個月的行程會排滿。我在心裡想，七個月比賽，一夜之間，人生翻篇。我再一次，正式成為歌手。

這不是我第一次做歌手，也不是第一次經歷失敗。記者問我：「奪冠後有甚麼計劃？」我老老實實回答：「我不敢想太遠。兩個月後我還能不能繼續唱歌，還會不會在這個圈子，我不知道。只想先把眼前的事做好。」

從那一刻到現在，我一直抱着這個態度。不是為了贏才再站出來，而是即使跌過、怕過，仍然選擇站上台，唱一次，算一次。

這一章，我想說——

《第三人生》不只是我的新歌、新舞台、新書名，更是我在一次次失敗後，選擇不放棄自己的證明。這條路從來不輕鬆，但每次走下去，都讓我更接近那個曾經以為再也回不去的自己。

真正的重來，不是要回到過去的高峰，而是重新活出答案。

第二章——新身份，新挑戰

真正的轉變，不是重頭來過，而是帶著責任繼續前行。

【一起創業的決心】

有時改變命運，不是因為成功，而是因為有人選擇陪你重新出發——不是走得快，而是願意並肩走得遠。

剛好那時候，太太的工作也不太順利，做得不開心，我乾脆對她說：「不如辭職幫我吧，我哋一齊開學校。」

對我來說，《中年好聲音》帶來的最大改變，不是得獎，而是家庭角色的轉變：由兩個打工仔變成創業夥伴，這條路不容易，但卻是我們真正一起走的路。

過去，夢想與現實總是我們之間的矛盾；現在，它成為我們攜手共創的生活方式。以前是各自打拼，現在是互相扶持；有她在身邊，很多困難似乎都變得迎刃而解。同路，同步，原來就是這樣的感覺。

▲ 我們創辦了好聲音中心，希望能培訓更多人唱歌。

【屬於我們的第一首歌】

這首歌，不只是我的故事，也是我們一起走過的路
——不是我唱得最好，而是我最懂這首歌的意義。

得獎後二十天，我收到公司安排的一首原創歌曲《你是我唯一的》，是一首歌為我而寫的歌。從試音、練習、錄音室、MV 拍攝，前後半年，這首歌終於正式面世。

歌詞寫的就是我這二十年的音樂路，也寫給那些支持過我、合作過的夥伴——尤其是我的太太 Louise。

錄這首歌時我非常感觸，因為知道這首歌不單止屬於我，而是屬於「我們」。這是一份情、一段路、一個承諾——即使不能再，也不改未來。

《你是我唯一的》

誰送上過悲哀
仍相信是你 令我堅忍闖過 最壯闊的海
難事世上再多不能掩蓋
你是我所愛 即使 不能再
都不改 未來

【第三人生的延續】

每一次重來，不只是為了圓夢，而是要把生活活出一種答案

——有些故事，不只是回望，而是為了照亮前路。

得到第一首單曲後，公司給我更大的舞台——《第三人生》的唱片製作、香港與澳門的個人演唱會，還有這一本以我人生為名的書，都是從前不敢想像的事。

這一切不只讓我再當一次歌手，更像是一個機會，讓我重新講述自己的人生。

我經歷過太多「最後一次」，所以總把每一個機會都當成最後一次來珍惜。也正因為這份心情，我才更想寫書，把我的故事，寫給過去那個還在迷路的自己，也寫給每一個努力活著的人。

這一章，我想說——

這場演唱會，不只是舞台上的光芒，
更是十多年汗水、堅持與感恩的結晶。
而這本書，是我給自己、給家人、給所有支持者的承諾；
也是送給每一位仍在努力生活、勇敢追夢的你，一份來自
「第三人生」最真誠的分享與鼓勵。

第三章——演唱會與寫書的理由

十多年堅持的見證，為夢想刻下永恆印記。

【一首屬於《第三人生》的歌】

有啲夢唔係因為未完成，而係一直等你有勇氣去開始

——有些歌，寫的是故事；有些歌，唱的是重生。

知道自己將開演唱會，我就想寫一首，真正屬於我、屬於現場觀眾、也屬於每一位願意相信自己的人生之歌。但寫甚麼好？我不停思考、翻找靈感。

有天在網上偶然見到「第三人生 Third Act」這個詞。原來在外國，這形容一個人在六十五歲退休後，再打開新篇章，做回年輕時未完成、卻仍放不下的夢想。很多人去學畫畫、學跳舞、開 café——這種追夢，唔係為要成功，而係單純地想「活一次俾自己睇」。

我望住呢個詞，忽然好感動。我都經歷過三次重生——曾經放棄、曾經轉行、曾經懷疑自己，但原來我一直都正行緊屬於自己嘅「第三人生」。

於是我知道，我要寫一首歌，叫《第三人生》。

《第三人生》

一隻頑固紙飛機 再次高飛
起起落落碰碰一生中歷奇 憑意志不死
想起我年少那不羈　從來不避
花我畢生的力氣 飛高高低低心不死
前沒去路 我覓我路 這生的傳記

【人生第一次個人演唱會】

一晚的光芒，背後是十年的黑夜與信念——最動人的掌聲，從不是最大聲，而是來自你曾經撐過的黑夜。

二零二四年十一月三十日，是我人生第一場個人演唱會。這場表演不止是一晚的聚會，更是一段漫長路途的見證。一千三百位觀眾的掌聲背後，是我十幾年來的堅持、轉折與自我懷疑。

每一首歌、每一段說話，都是我人生的一頁。

那晚燈光閃亮的每一刻，對我來說都刻骨銘心——因為我知道，沒有哪一晚的舞台是理所當然。

◀第三人生演唱會 多謝這二十個春秋的磨練。

【不再孤單的路】

你一直走的路，其實很多人都默默同行

——當你回望，才會發現，那些看似孤獨的時刻，其實早有人在同行。

演唱會那晚，我深刻感受到自己並不是孤軍作戰。

有粉絲從我剛出道開始一路支持，有朋友和工作團隊從年輕時就陪伴左右，還有贊助商們，他們多是我「第二人生」時期認識的客戶。

一聽說我要開演唱會，他們毫不猶豫、義無反顧地給我支持。

原來，很多人在背後默默陪我走過這漫長旅程，見證我的成長。

【獻給爸爸的歌與堅持的力量】

那些你以為已經遙遠的人，其實一直在推著你往前走
——有些愛，看不見，卻從未走遠。

演唱會上，我唱了兩首最想讓爸爸聽見的歌——〈你是我唯一的〉和〈家教〉，那是屬於他的時刻，也是我對他最深的回應。

我記得爸爸曾教我一句話：「喜歡的事，就要拼命去做。」那晚，我站在台上對著滿場觀眾說：「爸爸，雖然遲了一點，但我真的做到了，這個演唱會，是送給你的。」如果沒有爸爸當年的堅持與教導，我撐不過這條路。

我寫這本書，也想把這份堅持傳下去——只要你不放棄，終有一天，你也能把夢想唱出聲音。

【寫書的理由】

寫書，不只是總結過去，更是傳承夢想的種子
——每一段路的意義，都值得被好好說出來。

為什麼要寫這本書？

因為我走過的路，跌過的傷，流過的汗，都有值得記下來的意義。我想分享給每一個還在奮鬥、懷疑、努力生活的人。

告訴你們：眼望星星，腳踏草根，堅持走下去，總有一天，你會摸到屬於自己的那顆星星。

感謝全力支持《第三人生》的品牌夥伴們

SLOWTIME STUDIO

藏在巷子裡的冠軍咖啡烘焙店

Connect Coffee Roasters - 始創於2019年店主可謂是一位被 I.T.耽誤的咖啡人，自從開店以來拿下不少冠軍獎座，店舖座落於社區的小巷裡，閣樓坐望港澳唯一具有蘇州園林風韻的名園「盧廉若公園」。店裡除了引以為傲的手沖精品咖啡外，還有咖啡特調、Gelato / Sobert 等甜品，還搜羅了本地畫家獨一無二的手繪作品等精緻禮品。

讀者優惠：

凡出示此廣告頁即享有所有飲品及甜品七五折優惠。

地址：澳門永聯台30號地下H1

IG/FB: @CONNECTCOFFEEMACAU

WEBSITE: HTTPS://CONNECTCOFFEE.LIFE

品牌夥伴 | 全力支持《第三人生》

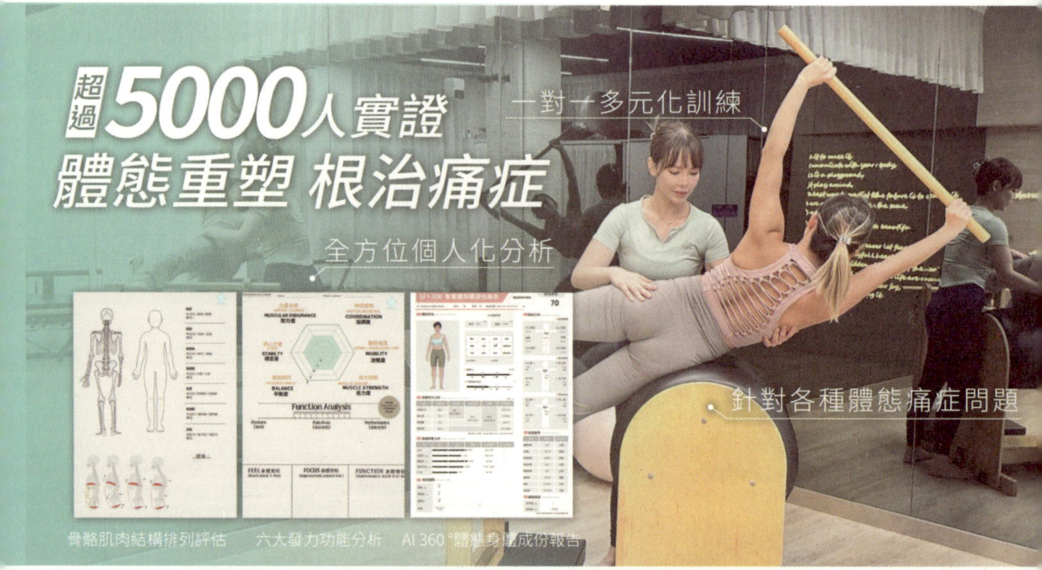

Secret Time 韶光獻禮

感謝您支持 SECRET TIME！我們為您準備了豐富獎品，機會不容錯過！

Secret Time 於2021年誕生，秉持著為每一位顧客打造一個舒適、安心、無壓力的美容空間。
我們深信，真正的美麗來自於放鬆的體驗與對肌膚的真誠呵護。因此，我們堅持不硬性推銷，療程以單次收費為主，透明且靈活，讓每位顧客都能在零壓力下，自主選擇最適合自己的護理。

我們主打專業人手針清及王牌熱能氣化脫瘻脫疣技術，配合皮膚修復護理，所有產品經親試，確保安全有效。希望每一位走進 Secret Time 的顧客，都能感受到這份獨特的溫暖與尊重。

掃描QR code 立即抽獎

參加方法
只需使用手機掃描QR code，然後按抽獎頁的指示，
Follow本店的Facebook及Instagram專頁，再輸入基本資料後即可抽獎。

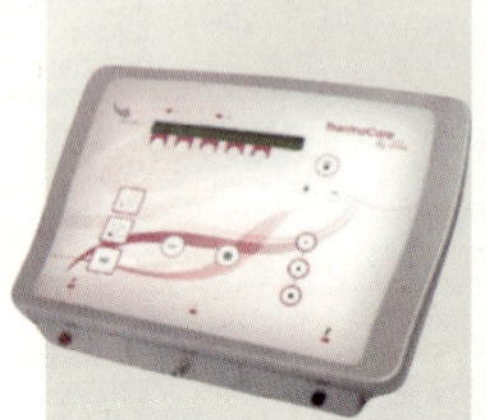

(價值 $5,500)

Before

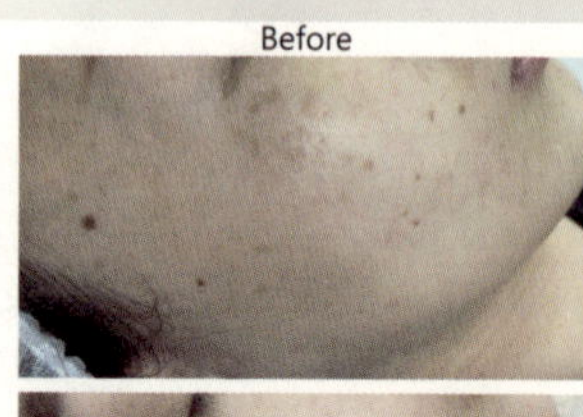

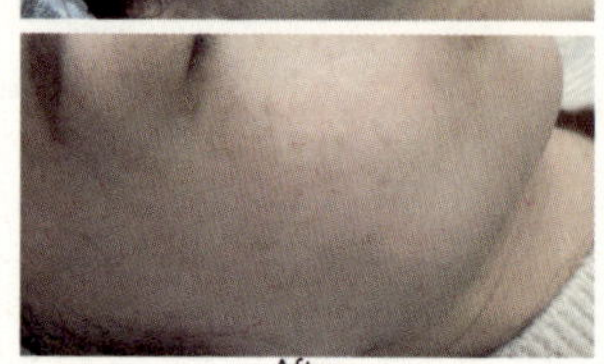

After

大獎 (2位)

熱能氣化全面任脫瑕疵療程

體驗我們的皇牌熱能氣化技術，精準去除疣、雀斑、瘻等面部瑕疵，助您重現無暇美肌！

二獎 (20位)

$500 熱能氣化現金券

專用於熱能氣化療程，打造完美肌膚！

三獎 (30位)

$150 美容療程現金券

靈活使用於任何療程，享受個人化護理！

@secrettimehk

品牌夥伴｜全力支持 《第三人生》

品牌夥伴｜全力支持《第三人生》

品牌簡介

Infinite Cycling 晴緣單車
由林浩晴先生 (浩晴Sir) 於2021年8月14日正式成立。

以不同形式的單車運動及業務，成為人與人的連結之一。
以單車結緣及探索人生的其中一個渠道。

單車教學

- 青少年及成人單車班

車隊會有恆常訓練，外出訓練，主要參與公路單車比賽等的項目。

- 小隊員車隊

Infinite Cycling屬單車總會註冊屬會，小隊員車隊成員是12歲或以下的小朋友

- 平衡車班 適合對象：2-5歲的幼兒

-專業導師
-提供平衡車上堂

單車服務

- 單車/平衡車租借

普通單車｜高級單車｜團體租借單車

- 單車零售及維修

主營：Infinite Cycling自家設計衫褲，單車背囊。
售賣Trek, Airfly, Magene, Aceoffix等的單車產品

品牌夥伴｜全力支持《第三人生》

書名：第三人生
作者：周吉佩
出品：HYBO CO. LIMITED
創作總監：彭保迦
攝影總監：Carson Au@capture C
出版日期：2025 年 7 月
國際書號：978-962-348-565-4
售價：HK$128

出版總監：梁子文
出版統籌：彭保迦
協力：朱小博、黃家玉
承印：嘉昱有限公司

出版：星島出版有限公司
地址：香港新界將軍澳工業邨駿昌街 7 號星島新聞集團大廈
電話：2798 2579
電郵：publication@singtao.com
網址：www.singtaobooks.com

發行：泛華發行代理有限公司
電郵：gccd@singtaonewscorp.com
網址：www.gccd.com.hk

Hair：Taylor Wan @ Craft by Hair Corner
Makeup artist：Meegan Seak

出品